16	3	2	13
5	10	11	8
9	6	7	12
4	15	14	1

Coleção LESTE

Ivan Búnin

O PROCESSO DO TENENTE IELÁGUIN

Tradução e notas
Boris Schnaiderman

editora 34

EDITORA 34

Editora 34 Ltda.
Rua Hungria, 592 Jardim Europa CEP 01455-000
São Paulo - SP Brasil Tel/Fax (11) 3811-6777 www.editora34.com.br

Título original:
Diélo korniéta Ieláguina

Imagem da capa:
Edvard Munch, Separação, *1896,*
óleo sobre tela, 96 x 127 cm, Munchmuseet, Oslo

Capa, projeto gráfico e editoração eletrônica:
Bracher & Malta Produção Gráfica

Revisão:
Alberto Martins, Cecília Rosas

1ª Edição - 2016

CIP - Brasil. Catalogação-na-Fonte
(Sindicato Nacional dos Editores de Livros, RJ, Brasil)

Búnin, Ivan, 1870-1953
B724a O processo do tenente Ieláguin /
Ivan Búnin; tradução e notas de Boris Schnaiderman. —
São Paulo: Editora 34, 2016 (1ª Edição).
88 p. (Coleção Leste)

Tradução de: Diélo korniéta Ieláguina

ISBN 978-85-7326-644-3

1. Literatura russa. I. Schnaiderman, Boris,
1917-2016. II. Título. III. Série.

CDD - 891.73

O PROCESSO DO TENENTE IELÁGUIN

NOTA DOS EDITORES

O processo do tenente Ieláguin, de Ivan Búnin, é a primeira tradução de Boris Schnaiderman que a Editora 34 dá a público após o seu falecimento, em 18 de maio de 2016. A colaboração entre o tradutor e a editora se iniciou em 1999, com as sete narrativas (e dezesseis poemas, co-traduzidos com Nelson Ascher) de *A dama de espadas: prosa e poemas*, de Aleksandr Púchkin.

A esse título inaugural, seguiram-se mais doze — *A dama do cachorrinho* (1999) e *O beijo e outras histórias* (2006), de Anton Tchekhov; *Memórias do subsolo* (2000), *O crocodilo* e *Notas de inverno sobre impressões de verão* (2000), *Niétotchka Niezvânova* (2002), *O eterno marido* (2003) e *Um jogador* (2004), de Fiódor Dostoiévski; *A morte de Ivan Ilitch* (2006), *A sonata a Kreutzer* (2007) e *Felicidade conjugal* (2009), de Lev Tolstói; *Meu companheiro de estrada e outros contos* (2014), de Maksim Górki; e, em 2015, *O amor de Mítia*, de Ivan Búnin —, além de participações pontuais em vários livros.

A cada nova edição, Boris Schnaiderman revia integralmente o texto de sua tradução, num processo de troca contínuo entre tradutor e editora. As mudanças que introduzia (ou que aceitava, seguindo sugestões da editora) visavam quase sempre conferir maior coloquialidade e fluência ao texto literário. Tratava-se, de modo geral, da troca de uma palavra ou expressão que podia soar datada por outra de uso corrente; da mudança na colocação dos pronomes, para evitar o caráter rebuscado das mesóclises; e de alterações na ordem sintática, privilegiando a expressão direta do pensamento — desde, é claro, que o tom e o sentido do texto original assim o exigissem.

Nesse sentido, ele mesmo observou em *Tradução, ato desmedido* (Perspectiva, 2011), que constitui a suma de suas reflexões sobre o ato de traduzir: "Realmente, minha preocupação nos últimos anos tem sido a de superar certa formação tradicional, de autodidata, que estava prejudicando a realização como tradutor. Foi necessário um longo trabalho para que eu aprendesse mais uma verdade palmar: o arrojo, a ousadia, os voos de imaginação".

Boris Schnaiderman não pôde a rever a última prova desta tradução. O trabalho de preparação final do texto para publicação foi feito pela equipe da Editora 34 em conformidade com os critérios das edições anteriores, e em estreita colaboração com Jerusa Pires Ferreira, que esteve a seu lado e acompanhou de perto toda a produção intelectual de Boris Schnaiderman nas últimas décadas.

O PROCESSO DO TENENTE IELÁGUIN

I

É um caso horrível — estranho, enigmático, insolúvel. Se, por um lado, é muito simples, por outro, é bem complexo, assemelhando-se a um romance em folhetim (aliás, era assim que todos se referiam a ele em nossa cidade), e, ao mesmo tempo, poderia servir de assunto para uma obra de arte das mais profundas... De modo geral, foram justas as palavras do advogado, na sessão do tribunal:

— No presente caso — disse ele no início do discurso — parece não caber uma discussão entre mim e o representante do Ministério Público: o próprio acusado reconheceu a culpa e tanto o seu crime como a sua personalidade, bem como a da vítima, cuja vontade ele teria violentado, parecem a quase todos os presentes nesta sala indignos de que se reflita especialmente sobre o assunto, por serem à primeira vista assaz vazios e corriqueiros. Mas tudo isto não passa de mera aparência: pode-se ter inúmeros pretextos para reflexões e discussão...

E depois:

— Admitamos que eu tenha por objetivo único obter condescendência em relação ao acusado. Neste caso, haveria pouco a dizer. O legislador não indicou a maneira precisa pela qual os juízes devem orientar-se em circunstâncias como estas, ele deixou grande espaço aberto à sua capacidade de compreensão, à sua consciência e sagacidade, e são estas virtudes que devem por fim encontrar este ou aquele enquadramento legal, cabível para castigar a ação criminosa. Pois bem, eu procuraria atuar justamente sobre essa capacidade de compreensão, sobre a consciência, e me esforçaria para colocar em primeiro lugar tudo o que há de melhor no acusado, tudo o que lhe atenua a culpa, suscitaria os bons sentimentos dos juízes, e minha insistência nessa orientação seria tanto maior, pelo fato de que ele nega uma só característica em seu ato: a intenção malévola e consciente. Todavia, mesmo neste caso, poderia eu evitar uma discussão com o representante da acusação, que definiu o réu como "um lobo do crime", nem mais nem menos? Em cada caso pode-se compreender tudo de diferentes maneiras, apresentar tudo sob esta ou aquela luz. Mas o que vemos no presente caso? Parece não haver nele nenhum traço, nenhum pormenor sobre o qual o acusador e eu pudéssemos ter o mesmo ponto de vista, que pudéssemos apresentar sob a mesma luz. Vejo-me obrigado a dizer-lhe a cada momento: "Tudo é e não é assim!". Mas o mais importante é que este "tudo não é assim" diz respeito ao âmago da questão...

O próprio início do processo foi horrível.

Ocorreu em 19 de junho do ano passado. Antes das seis da manhã, o sol urbano e estival já fazia o ambiente claro, seco, quente e abafado na sala de jantar do capitão de cavalaria Líkhariev, da guarda imperial. Todavia, ainda estava tudo quieto, tanto mais que o apartamento do capitão ficava num dos prédios do quartel dos hussardos, fora da cidade. E, aproveitando essa quietude, bem como a sua mocidade, o capitão dormia profundamente. Havia sobre a mesa licores e xícaras de café ainda por tomar. Na sala de visitas ao lado dormia outro oficial, o capitão conde Kochitz, e ainda mais longe, no escritório, Siévski, segundo-tenente de cavalaria. A manhã apresentava-se, pois, habitual, a cena, singela, mas, como sempre sói acontecer quando algo inusitado ocorre em meio ao costumeiro, foi tanto mais horrível, espantoso e como que inverossímil aquilo que de repente sucedeu no apartamento do capitão Líkhariev em 19 de junho, bem cedo. A campainha retiniu inesperadamente no vestíbulo em meio à completa quietude dessa manhã, depois se ouviu o ordenança indo cautelosa e levemente, descalço, abrir a porta, e em seguida ressoou uma voz intencionalmente alta:

— Está em casa?

O recém-chegado entrou com o mesmo barulho intencional, abriu com particular liberdade de movimentos a porta para a sala de jantar, fazendo ressoar as botas e tilintar as esporas com desembaraço. O capitão ergueu o rosto espantado e sonolento: diante dele estava o seu colega de regimento, o segundo-tenente Ieláguin, um homem miúdo, franzino, arruivado e sardento, de pernas tortas e inusitadamente finas, calçadas com aquela elegância que era, conforme costumava dizer, a sua "principal" fraqueza. Tirou depressa o capote de verão, e, jogando-o numa cadeira, disse alto: "Aí tem as minhas dragonas".[1] Em seguida, caminhou para o divã junto à parede em frente, deixou-se cair de costas e pôs as mãos atrás da nuca.

— Espere, espere — murmurou o capitão, acompanhando-lhe os movimentos, os olhos arregalados. — De onde você vem? O que foi que lhe aconteceu?

— Eu matei Mânia[2] — disse Ieláguin.

— Está bêbado? De que Mânia está falando? — perguntou o capitão.

— A artista Mária Ióssifovna Sosnóvskaia.

O capitão baixou os seus pés do divã.

— Está brincando?

[1] Para um oficial, a retirada das dragonas significava a degradação militar. (N. do T.)

[2] Diminutivo de Mária. (N. do T.)

— Não, infelizmente, ou talvez felizmente, nem um pouco.

— Quem está aí? O que foi que aconteceu? — gritou da sala de visitas o conde.

Ieláguin inclinou-se e abriu a porta com um leve pontapé.

— Não grite — disse ele. — Sou eu, Ieláguin. Matei Mânia a tiro.

— O quê? — disse o conde, e, depois de um instante de silêncio, caiu de repente na gargalhada. — Ah, então é isto! — gritou alegre. — Ora, vá para o diabo, desta vez nós te perdoamos. Ainda bem que nos acordou, senão perderíamos com certeza a hora, ontem ficamos novamente nos divertindo até às três.

— Palavra de honra que matei — insistiu Ieláguin.

— É mentira, irmão, é mentira! — gritou também o dono da casa, apanhando as meias. — E eu que me assustei, pensando que de fato tinha acontecido alguma coisa... Iefrém, sirva-nos chá!

Ieláguin meteu a mão no bolso da calça, tirou dali uma pequena chave, jogou-a com agilidade, por cima do ombro, sobre a mesa, e disse:

— Vão até lá e vejam...

No julgamento, o promotor falou muito sobre o horror e o cinismo de algumas cenas que compunham o drama de Ieláguin, e frisou isso mais de uma vez. Ele esquecia, porém, que, nessa manhã, somente num primeiro instante Líkhariev não notara a palidez "sobrenatural" (como ele se expressara) de Ieláguin e algo "inumano" em seus olhos, mas que logo em seguida ficara "simplesmente perplexo com uma coisa e outra"...

II

Pois bem, eis o que sucedera na manhã de 19 de junho do ano passado.

Depois de meia hora, o conde Kochitz e o segundo-tenente Siévski já se encontravam junto ao prédio em que residia Sosnóvskaia. Agora não estavam mais para brincadeiras.

Deixaram o cocheiro quase extenuado, saíram do fiacre às carreiras, ficaram enfiando a chave no buraco da fechadura e tocaram desesperadamente a campainha, mas a chave não entrava, e não se ouvia nenhum ruído atrás da porta. Perdendo a paciência, foram depressa para o pátio e puseram-se a procurar o zelador. Este correu para a cozinha do apartamento, pela escada de serviço, e, voltando, disse que, segundo a empregada, Sosnóvskaia não dormira em casa; ela saíra de noitinha, carregando certo embrulho. O conde e o tenente ficaram perplexos: o que fazer? Pensaram um pouco, deram de ombros, voltaram ao carro e foram à delegacia, levando consigo o zelador do prédio. Da delegacia, telefonaram ao capitão Líkhariev. O capitão gritou furioso ao telefone:

— Este idiota, que quase me faz chorar, esqueceu-se de dizer que era preciso ir não ao apartamento dela, mas ao covil de amores que eles arrumaram: Starográdskaia, número 14. Está ouvindo? Starográdskaia, 14. Uma espécie de *garçonnière* parisiense, com entrada diretamente da rua...

Foram a toda brida à Starográdskaia.

O zelador ficou na boleia, o agente de polícia acomodou-se no fiacre, em frente dos oficiais, com um ar de discrição e independência. Fazia calor, as ruas estavam barulhentas e apinhadas de gente, e custava-se a acreditar que, nessa manhã tão ensolarada, de tanto movimento na rua, alguém pudesse jazer morto em algum lugar, e ficava-se espantado ao pensar que isto fora obra das mãos de Sachka[3] Ieláguin, de 22 anos. Como pudera decidir-se? Por que a matara, em castigo do quê, e como? Não se conseguia compreender nada, as perguntas ficavam sem nenhuma resposta.

Quando finalmente pararam junto a uma velha casa de dois andares, nada acolhedora, na Starográdskaia, o conde e o tenente, segundo se expressariam depois, "perderam completamente o ânimo". Então, aquilo era ali mesmo, e seria possível que fosse necessário vê-lo? E, no entanto, sentiam-se arrastados a ver aquilo, e arrastados de modo incoercível. O agente, pelo contrário, sentiu-se, no mesmo instante, severo, animado e confiante.

— Queiram passar-me a chave — disse com secura e firmeza, e os oficiais apressaram-se a entregar-lhe a chave; o zelador não o faria com maior timidez.

No centro do prédio, havia um portão, atrás dele via-se um pequeno pátio e uma arvorezinha, cujo verde era de um vivo que parecia antinatural, talvez em virtude dos muros de pedra, de um cinza escuro. À direita do portão ficava justamente aquela porta misteriosa, que dava diretamente para a rua e que era necessário abrir. O agente de polícia franziu o cenho, enfiou a chave, a porta se abriu, e o conde e o tenente viram algo que parecia um corredor completamente às escuras. O agente como que farejou onde era preciso procurar, estendeu a mão para a frente, arrastou-a pela parede e ilumi-

[3] Diminutivo de Aleksandr. (N. do T.)

nou o compartimento estreito e sombrio, no fundo do qual havia uma mesinha entre duas poltronas, e sobre ela pratos com restos de carne de caça e de frutas. No entanto, foi ainda mais sombrio aquilo que surgiu aos seus olhos, depois que avançaram mais. À direita do corredor havia uma pequena entrada para um quarto vizinho, também escuro, apenas com uma iluminação tumular, suprida por um lampiãozinho cor de opala, pendente junto ao teto, sob uma enorme umbela de seda preta. Todas as paredes do quarto estavam igualmente forradas com algo preto, o quarto não tinha nenhuma janela. Ali, também no fundo, havia um divã turco, grande e baixo, e nele, apenas de camisola, os olhos e os lábios entrecerrados, a cabeça caída sobre o peito, as extremidades alongadas, as pernas ligeiramente abertas, jazia, e se tornava cada vez mais branca, uma mulher bem jovem, de rara beleza.

Os que tinham entrado se detiveram por um momento, imobilizados de espanto e medo.

III

A falecida era de uma beleza rara, no sentido de que ela satisfazia extraordinariamente àquelas exigências que formulam a si mesmos, por exemplo, os pintores da moda, ao representar mulheres idealmente belas. Havia nela tudo o que se requer: um corpo admiravelmente constituído, o bonito matiz da cútis, os pés impecáveis e miúdos, o encanto infantil e ingênuo dos lábios, os traços finos e regulares, cabelos magníficos... E tudo isto já estava morto, tudo começara a petrificar-se e empalidecer, a beleza tornava a morta ainda mais terrível. Tinha os cabelos em perfeita ordem, um penteado em condições de se ir a um baile. A cabeça jazia-lhe sobre a almofada soerguida, e o queixo mal tocava-lhe o peito, o que dava aos seus olhos parados, meio abertos, e também a todo o seu rosto, expressão um tanto intrigada. E tudo isso era iluminado estranhamente pelo lampiãozinho cor de opala, suspenso sob o teto, no fundo da enorme umbela negra, semelhante a uma ave de rapina que tivesse aberto sobre a morta as suas asas membranosas.

Em suma, o quadro impressionou o próprio agente de polícia. A seguir, todos passaram timidamente a um exame mais minucioso.

Os belos braços desnudos estavam estendidos regularmente ao longo do corpo. Sobre as rendas da camisola, no peito, havia dois cartões de visita de Ieláguin, e, aos pés, um sabre de hussardo, que parecia muito grosseiro junto àquela nudez tão feminina. O conde teve a ideia de apanhá-lo, a fim de tirá-lo da bainha, com o pensamento absurdo de que poderia ter vestígios de sangue. O agente impediu-o de cometer aquela ação ilegal.

— Ah, naturalmente, naturalmente — murmurou o conde —, claro que, por enquanto, não se pode tocar em nada. Mas o que me espanta é o fato de que não vejo em parte alguma sangue, e, em geral, nenhum vestígio do crime. Terá sido envenenamento?

— Tenha paciência — disse o agente, sentencioso —, esperemos o juiz de instrução e o médico. Mas, sem dúvida, parece um envenenamento...

Sim, era o que parecia. Não havia sangue em parte alguma: quer no chão ou no divã, quer sobre o corpo ou a camisola. Na poltrona, junto ao divã, havia uma calcinha e um roupão, embaixo deles uma blusa azul clara, com reflexo pérola, uma saia de fazenda muito boa, cinza escura, e um casaco de seda cinzenta. Tudo isto fora atirado do divã ao deus-dará, mas também não estava sujo por uma gota de sangue sequer. A ideia de envenenamento encontrava ainda confirmação naquilo que se encontrou num ressalto da parede, sobre o divã: nesse ressalto havia, em meio a garrafas e rolhas de champanhe, a cotos de vela e grampos de mulher, a pedaços de papel escrito e estraçalhado, um copo de cerveja preta ainda por acabar e um pequeno frasco, em cuja etiqueta branca aparecia, negra e sinistra, a inscrição: "*Op. Pulv.*".

Mas no instante preciso em que o policial, o conde e o tenente reliam, um de cada vez, essas palavras latinas, ouviu-se na rua o ruído de uma caleça, que chegava com o médico e o juiz de instrução, e, passados alguns minutos, constatou-se que Ieláguin dizia a verdade: Sosnóvskaia fora realmente assassinada com um tiro de revólver. Não havia manchas de sangue na camisola. Todavia, encontraram embaixo desta, na zona do coração, certa mancha purpúrea, tendo no centro desta uma feridinha redonda, de bordos queimados, que filtrava um sangue aquoso e escuro, e que não sujara nada, em virtude de estar a ferida coberta com um lenço em pelota...

O que mais concluíra a perícia médica? Pouca coisa: que a falecida tinha vestígios de tuberculose no pulmão direito; que o tiro fora desferido à queima-roupa e que a morte sobreviera instantaneamente, embora a mulher pudesse ter dito, após o tiro, uma curta frase; que não ocorrera luta entre o assassino e a vítima; que ela tomara champanhe e também cerveja preta, na qual estava dissolvida uma pequena quantidade de ópio (insuficiente para um envenenamento); e, finalmente, que ela tivera, nessa noite fatal, relações com um homem...

Mas, aquele homem matara-a por quê, para se vingar de quê? Em resposta a essa pergunta, Ieláguin repetia com insistência: porque ambos, isto é, ele próprio e Sosnóvskaia, estavam "numa situação trágica", porque não viam outra saída senão a morte, e porque, matando Sosnóvskaia, ele apenas atendera ao que ela ordenara. No entanto, os últimos escritos da falecida pareciam contradizer isto. Bem que se encontraram sobre o seu peito dois cartões de visita de Ieláguin, em que ela escrevera de punho próprio em polonês (aliás, bastante incorreto). Lia-se num deles:

"*Ao general Konóvnitzin, presidente do Comitê Diretor do Teatro. Meu amigo! Agradeço-te a nobre amizade de alguns anos... Envio-te minhas derradeiras lembranças e peço entregar a minha mãe todo o dinheiro referente à minha participação nos últimos espetáculos...*"

E no outro:

"*Matando-me, este homem procedeu com justiça... Minha pobre e infeliz mãe! Não peço que me perdoe, pois não morro por minha própria vontade... Mãe! Havemos de nos encontrar... lá em cima... Sinto que é o meu instante derradeiro...*"

Fora em cartões como aqueles que ela escrevera também outras frases, antes de morrer. Os papéis jaziam sobre o ressalto da parede, mas tinham sido cuidadosamente rasgados. Foram arrumados, colados, e leu-se neles o seguinte:

"*Este homem exige a minha morte e a sua... Não tenho meios de escapar com vida...*"

"*Pois bem, chegou a minha hora última... Meu Deus, não me abandones... Meu pensamento derradeiro é para a minha mãe e a arte sagrada...*"

"*Sorvedouro, sorvedouro! Este homem é minha fatalidade... Meu Deus, salva-me, ajuda-me...*"

E, finalmente, o mais enigmático:

"*Quand même pour toujours...*"[4]

Todas essas anotações, tanto as que foram encontradas inteiras sobre o peito da falecida como as que jaziam rasgadas sobre o ressalto da parede, pareciam contradizer as asserções de Ieláguin. Mas, justamente, apenas "pareciam". Por que não estavam rasgados aqueles dois cartões de visita sobre o peito de Sosnóvskaia e num dos quais havia palavras tão fatais para Ieláguin como "não morro por minha própria vontade"? Ieláguin não só não os rasgara e não os tinha le-

[4] Em francês no original, com o sentido de "ao menos para sempre". (N. do T.)

vado, mas ele até mesmo (pois quem mais poderia tê-lo feito?) colocara-os no lugar mais visível. Teria deixado de rasgá-los devido à pressa? Está claro que, nessas condições, podia esquecer-se de fazê-lo. Mas como podia, em meio à pressa, ter colocado sobre o peito da falecida uns escritos tão perigosos para ele? E estivera ele realmente apressado? Não, arrumara a morta, cobrira-a com a camisola, depois de lhe pôr um lenço sobre a ferida, em seguida ele mesmo ficara arrumando-se, vestindo-se... Não, neste ponto o promotor tinha razão: aquilo não se fizera às pressas.

IV

O promotor disse:

— Há duas categorias de criminosos. Em primeiro lugar, os criminosos casuais, cujos crimes constituem o resultado de um infausto acúmulo de circunstâncias e de uma irritação, que recebe a classificação científica de "insânia transitória". E, em segundo lugar, os criminosos que levam a efeito os seus atos segundo uma premeditação maligna: são os inimigos natos da sociedade e da ordem social, os lobos do crime. Mas em que categoria vamos incluir o homem que está sentado diante de nós no banco dos réus? É claro que na segunda. Ele é sem dúvida alguma um lobo do crime, ele cometeu o seu ato por se ter tornado uma fera, em consequência de uma vida devassa e ociosa...

Era uma tirada muito estranha (embora expressasse a opinião quase generalizada em nossa cidade a respeito de Ieláguin), e tanto mais estranha pelo fato de que, durante o julgamento, Ieláguin ficou sentado o tempo todo apoiando-se sobre o braço, escondendo-se com ele do público, e respondendo suavemente a todas as perguntas, de modo lacônico e com certa timidez e tristeza lancinantes. E, ao mesmo tempo, o promotor tinha razão: o criminoso sentado no banco dos réus não era do tipo comum, nem estava tomado por "insânia transitória".

O promotor formulou duas perguntas: em primeiro lugar, é claro, se o crime se efetivara num estado de privação da consciência, de exaltação, e, em segundo, se fora apenas cumplicidade em assassínio, e respondeu a ambas as perguntas com plena convicção: não e não.

— Não — disse ele, respondendo à primeira pergunta —, não se pode sequer falar de alguma privação da consciência, sobretudo porque tais estados não duram algumas horas. E o que poderia ter provocado semelhante condição em Ieláguin?

Para resolver esta última questão, o promotor fazia a si mesmo inúmeras perguntas de pormenor, e no mesmo instante as repelia ou mesmo zombava delas. Dizia:

— Não teria Ieláguin bebido mais que de costume naquele dia fatal? Não, em geral ele bebia muito, mas naquele dia não bebera mais do que o costumeiro.

"O acusado tinha sido, e era então, um homem são? Faço minha a opinião dos médicos que o examinaram: plenamente são; mas não costumava ter nenhum controle sobre si mesmo.

"Teria sido o estado de privação da consciência suscitado pela impossibilidade do matrimônio entre ele e a mulher que amava, isto em se admitindo que realmente a amasse? Não, pois sabemos com precisão o seguinte: o acusado não se preocupava com isto, nem havia dado quaisquer passos para a consecução desse matrimônio."

E ainda:

— Teria sido aquele estado de privação suscitado pela iminente partida de Sosnóvskaia para o estrangeiro? Não, porquanto fazia muito tempo que estava a par dessa viagem.

"Mas, nesse caso, talvez aquele estado resultasse dos seus pensamentos sobre um possível rompimento com Sosnóvskaia, em consequência da viagem? Também não, porque eles tinham falado dessa partida umas mil vezes antes daquela noite. Mas, neste caso, qual teria sido a causa? Conversas sobre a morte? O ambiente estranho no quarto, o clima de alucinação, por assim dizer, que ele incutia, a sua atmosfera opressiva bem como, de modo geral, a atmosfera opressiva de toda aquela noite sinistra e doentia? Mas, quanto a conversas sobre a morte, elas não podiam ser novidade para Ieláguin: tais conversas haviam sido incessantes entre ele e a amada, e, naturalmente, já o tinham enjoado havia muito tempo. E era até ridículo falar de uma alucinação. Pois ela era atenuada por circunstâncias bem prosaicas: a ceia, os restos sobre a mesa, as garrafas e até, com o perdão da palavra, o vaso noturno... Ieláguin comeu, bebeu, satisfez as suas necessidades, ficou saindo para o quarto ao lado, ora em busca de vinho, ora de uma faca para apontar o lápis..."

E o promotor concluiu:

— Quanto à cogitação de que o assassinato praticado por Ieláguin possa ter sido a execução de um desejo expresso pela falecida, o caso não requer longa argumentação: para resolver este problema, temos as asserções de Ieláguin, sem maiores provas, no sentido de que a própria Sosnóvskaia lhe pedira que a matasse, e, ao mesmo tempo, o bilhete completamente fatal para ele: "Não morro por minha própria vontade"...

V

Poder-se-ia retrucar muita coisa a certas particularidades no discurso do promotor. "O acusado é um homem completamente são..." Mas onde fica a fronteira entre a saúde e a doença, entre o normal e o anormal? "Não havia dado quaisquer passos para a consecução do matrimônio..." Mas, em primeiro lugar, ele não dera tais passos por estar plenamente convicto da sua completa inutilidade; e, em segundo, estarão o amor e o matrimônio tão ligados entre si, e teria Ieláguin sossegado e, de modo geral, teria resolvido o drama do seu amor, pelo simples fato de se casar com Sosnóvskaia? Será possível que não se conheça essa estranha qualidade de todo amor intenso e não muito costumeiro, que até parece evitar o matrimônio?

Mas tudo isto, repito, são particularidades. E, em substância, o promotor estava certo; não tinha havido privação de consciência.

Ele disse:

— A perícia médica resultou na conclusão de que Ieláguin estava antes tranquilo que exaltado; e eu afirmo que estava não só tranquilo, mas até espantosamente tranquilo. Esta nossa convicção provém do exame do quarto, que fora arrumado, e onde Ieláguin ficara ainda muito tempo depois do crime. Em segundo lugar, leva-nos a isto o depoimento da testemunha Iarochenko, que viu a calma de Ieláguin ao sair do apartamento na Starográdskaia e a diligência com que ele o fechou, sem se apressar, à chave. E, finalmente, o comportamento de Ieláguin em casa do capitão Líkhariev. Por exemplo, o que disse Ieláguin ao segundo-tenente Siévski, que instava com ele para que "voltasse a si" e se lembrasse se Sosnóvskaia não se suicidara sozinha? Ieláguin disse: "Não, irmão, eu me lembro muito bem de tudo!" — e no mesmo instante fez a descrição exata de como atirara. A testemunha Boodberg "tivera impressão até desfavorável de Ieláguin: depois de confessar o crime, ele ficara tomando calmamente o seu chá". E a testemunha Vogt espantara-se ainda mais: "Senhor capitão" — dissera-lhe Ieláguin com ironia — "espero que o senhor me dispense hoje da instrução". "Isso era tão terrível" — diz Vogt — "que o segundo-tenente Siévski não se conteve e prorrompeu em pranto..." É verdade que houve um momento em que o próprio Ieláguin também caiu em pranto: isto foi quando o capitão voltou da sua visita ao comandante do regimento, a quem fora pedir instruções sobre Ieláguin, e este compreendeu, pelos rostos de Líkhariev e de Vogt que ele, na realidade, não era mais oficial. Foi neste momento que ele chorou — concluiu o promotor —, somente neste momento!

É claro que, mais uma vez, a última frase é muito estranha. Quem não sabe com que frequência processa-se um semelhante despertar repentino de um estado de estupor, provocado por uma aflição, uma desgraça, ou mesmo por algo de todo insignificante que se viu por acaso e que, de repente, lembra ao indivíduo toda a sua feliz vida pregressa e todo o horror, o irremediável, da situação atual? E o que tudo isto lembrou a Ieláguin não era algo insignificante, casual. Na realidade, ele como que nascera oficial: dez gerações dos seus antepassados serviram nas fileiras. E eis que ele não é mais oficial. E é pouco dizer que não é mais oficial — deixou de sê-lo porque não vive mais no mundo aquela que ele amava realmente mais que sua própria vida, e porque ele em pessoa executara aquele ato monstruoso!

Aliás, também isto não passa de minúcia. O principal está em que de fato não houve "insânia transitória". Mas, neste caso, o que foi que houve? O promotor reconheceu que "neste caso tenebroso, tudo deve ser em primeiro lugar reduzido à discussão da personalidade de Ieláguin e de Sosnóvskaia, e ao esclarecimento das relações entre eles". E declarou, peremptório:

— Uniram-se duas pessoas que nada tinham em comum...

Está certo? Pois bem, é nisso que consiste toda a questão: está certo?

VI

Eu diria em primeiro lugar, em relação a Ieláguin, que ele tem 22 anos: uma idade fatal, um tempo terrível, que determina o homem para o resto da existência. Um homem costuma sofrer nessa idade aquilo que a Medicina chama de maturidade sexual e que vulgarmente se denomina "primeiro amor", que se considera quase sempre do ponto de vista poético apenas e, de modo geral, assaz levianamente. Muitas vezes, este "primeiro amor" é acompanhado de dramas, de tragédias, mas absolutamente ninguém pensa que é este o tempo preciso em que os homens sofrem algo muito mais profundo e complexo que o desassossego e os sofrimentos geralmente chamados de adoração da pessoa querida: eles sofrem, sem saber, o florescer sinistro, a descoberta torturante, a primeira missa do sexo. Fosse eu o advogado de Ieláguin, pediria aos juízes que prestassem atenção na sua idade justamente desse ponto de vista, e também no fato de que, neste sentido, quem estava sentado diante de nós era uma pessoa nada comum. "Um jovem hussardo, um estroina alucinado" — disse o promotor, repetindo a opinião generalizada, e, para demonstrar a justeza das suas palavras, transmitiu o relato de uma das testemunhas, o ator Lissóvski: Ieláguin fora de uma feita ao teatro de dia, quando os atores se reuniam para um ensaio e, vendo-o, Sosnóvskaia desviara-se bruscamente para o lado, para trás das costas de Lissóvski, e dissera-lhe depressa: "Esconde-me dele, meu bem!". "Eu a escondi atrás de mim", dissera Lissóvski, "e esse hussardozinho, borracho como estava, parou de repente, atordoado, as pernas escarranchadas: onde tinha ido parar Sosnóvskaia?"

Justamente isso: um homem atordoado. Mas atordoado com o quê? Seria em virtude da "vida devassa e ociosa"?

Ieláguin provém de uma família rica, de velha cepa; perdera muito cedo a mãe (que era, note-se bem, de natureza exaltada), e estava separado do pai (um homem severo, rigoroso) sobretudo pelo medo em meio ao qual crescera. O promotor traçou com uma audácia cruel, não só a imagem moral, mas também física, de Ieláguin. Ele disse:

— Assim era, meus senhores, o nosso herói, quando envergava o pitoresco traje de hussardo. Mas olhem-no agora. Agora, nada mais o enfeita; está diante de nós um jovem baixo, encurvado, de bigodinho muito louro e uma expressão de rosto extremamente indefinida e insignificante, o qual, em seu redingotezinho preto, lembra muito pouco Otelo, isto é, vemos uma personalidade que possui, a meu ver, peculiaridades degenerativas manifestas agudamente, de uma extrema falta de coragem em uns casos (por exemplo, nas relações com o pai), mas que é extremamente atrevida em outros casos, quando não se detém diante de quaisquer barreiras, isto é, nas ocasiões em que se sente livre do olhar paterno e, de modo geral, confia na impunidade...

De fato, havia muita verdade nessa caracterização simplista. Mas, ouvindo-a, não compreendi, em primeiro lugar, como era possível tratar com ligeireza tudo aquilo que é terrivelmente complexo e trágico, e pelo que frequentemente se distinguem as pessoas que possuem uma hereditariedade com violência expressa, e, em segundo lugar, apesar de tudo, vi nessa verdade apenas uma parte mínima da verdade. Sim, Ieláguin crescera em meio ao temor perante o pai. Mas o temor não constitui covardia, mormente o temor perante os pais, e sobretudo num homem a quem fora dado um sentimento muito vivo de toda aquela herança que o ligava aos seus pais, avôs e bisavôs. Sim, a aparência de Ieláguin não é a aparência clássica do hussardo, mas também nisso eu vejo uma prova do caráter incomum da sua personalidade: fixe os olhos com mais atenção, diria eu ao promotor, neste homem arruivado, um tanto curvo e de pernas finas, e o senhor verá, quase assustado, quão longe está da insignificância esse rosto sardento, de olhos pequenos e verdoengos (que evitam encarar as pessoas). E, em seguida, preste atenção na sua força degenerativa: no dia do assassinato, ele esteve na instrução militar — desde bem cedo, naturalmente — e tomou ao almoço seis cálices de vodca, uma garrafa de champanhe, dois cálices de conhaque, e assim mesmo permaneceu quase completamente lúcido!

VII

Os depoimentos de muitos dos seus colegas de regimento também constituíam uma grande contradição com o generalizado mau conceito a respeito de Ieláguin. Todos eles deram as melhores referências. Eis, por exemplo, o que disse o comandante de seu esquadrão:

— Depois de ingressar no regimento, Ieláguin granjeou um conceito admirável entre os oficiais, e também foi sempre extremamente bom, solícito e justo com os subordinados. O seu gênio, a meu ver, distinguia-se apenas pelo seguinte: a irregularidade manifestava-se nele não por meio de algo desagradável, mas somente pelas passagens rápidas e frequentes da alegria a um ânimo melancólico, da loquacidade ao mutismo, da confiança em si à descrença em relação às suas qualidades pessoais e a todo o seu destino...

E eis também a opinião do capitão Líkhariev:

— Ieláguin sempre foi um bom colega, apenas com certas esquisitices: ora se mostrava modesto, tímido, ensimesmado, ora incorria como que em temeridades e fanfarronices... Depois que ele veio a minha casa e confessou o assassinato de Sosnóvskaia, e que Siévski e Kochitz correram para a Starográdskaia, ele ficou ora chorando desvairadamente, ora dando risada, violento e mordaz, e, depois que o prenderam, quando o conduziam à prisão, tinha um sorriso feroz e ficou aconselhando-se conosco sobre o alfaiate em que seria melhor encomendar um traje civil.

E agora as palavras do conde Kochitz:

— Ieláguin tinha, de modo geral, gênio alegre e brando, era nervoso, impressionável, dado até ao êxtase. O teatro e a música atuavam sobre ele com particular intensidade, e a segunda às vezes o comovia até as lágrimas; sim, mostrava até uma aptidão incomum para a música, tocava quase todos os instrumentos...

Todas as demais testemunhas disseram aproximadamente o mesmo:

— Um homem que se apaixonava com facilidade, mas que parecia esperar continuamente algo autêntico e extraordinário...

— Nas farras entre colegas estava quase sempre alegre, simpático, até aborrecido, era o mais solícito em encomendar champanhe e servia-o a qualquer um... Iniciada a sua ligação com Sosnóvskaia, empenhou-se em esconder, de todos, os seus sentimentos, e mudou muito: frequentemente aparecia pensativo, tristonho, e dizia ter a intenção cada vez mais firme de se suicidar...

Tais eram as informações sobre Ieláguin, provenientes das pessoas que lhe eram mais próximas. Onde, pensei durante o julgamento, o promotor arranjou aquelas tintas tão negras para pintar o retrato do acusado? Ou ele tem outras informações? Não, ele não as possui. E resta apenas supor que tais cores foram suscitadas nele pela sua concepção geral sobre os "filhinhos de papai" e por aquilo que soubera pela carta de Ieláguin (a única em poder do tribunal) a um amigo seu em Kichinióv. Nela, Ieláguin falava de sua vida com extremo desembaraço:

"*Cheguei, irmão, a uma espécie de apatia: seja o que for, tanto faz! Se hoje as coisas vão bem, dou graças a Deus, e o que será amanhã, não importa; a noite é boa conselheira. Consegui uma bela reputação: sou talvez o maior bêbado e bobalhão de toda a cidade...*"

Semelhante autojulgamento parecia estar em harmonia com a eloquência do promotor, ao dizer que "em nome de uma busca animal do prazer, Ieláguin expôs a mulher, que tudo lhe entregara, ao julgamento da sociedade e privou-a não apenas da existência, mas também da honra derradeira: um enterro cristão...". Mas estaria realmente em harmonia aquele juízo com tais palavras? Não, o promotor destacara dessa carta umas poucas linhas. Ei-la agora na íntegra:

"*Querido Serguei. Recebi a sua carta e respondo a ela com atraso. Mas, que remédio? Ao ler a minha carta, você há de pensar provavelmente: 'Que feias garatujas, parecem vir de uma mosca que caiu na tinta de escrever!'. Bem, dizem que se a letra não é um espelho, é pelo menos a expressão de uma personalidade. Sou o vagabundo de sempre, ou, se você quiser, tornei-me até pior, porquanto dois anos de vida independente e mais algumas coisas impuseram o seu selo. Existe, irmão, algo que nem o sábio Salomão conseguiria expressar! Por isto, não se espante se souber um belo dia que eu dei cabo de mim mesmo. Cheguei, irmão, a uma espécie de apatia: seja o que for, tanto faz! Se hoje as coisas vão bem, dou graças a Deus, e o que será amanhã, não importa; a noite é boa conselheira. Consegui uma bela reputação: sou talvez o maior bêbado e bobalhão de toda a cidade. E, ao mesmo tempo, você acredita? Sinto às vezes no íntimo tamanha força e sofrimento, tamanha atração pelo que é bom e elevado, numa palavra, o diabo sabe pelo quê, e isso até me faz doer o peito. Você vai dizer que é por causa da minha mocidade: neste caso, por que os da minha idade não sentem nada semelhante? Tornei-me nervoso ao extremo: às vezes, em noites de inverno, em meio ao frio de uma tempestade de neve, pulo da cama e saio a galopar pelas ruas, deixando espantados os próprios guardas, que já se acostumaram a não se espantar com nada, e veja bem que o faço em completa lu-*

cidez, sem ter bebido. Quero apanhar não sei que melodia fugaz, que me parece ter ouvido em alguma parte, mas não há meio de captá-la! Bem, a você eu posso confessar: estou apaixonado, e por uma mulher completamente diversa dessas de que a cidade está repleta... Aliás, chega de falar nisso. Escreva-me por favor, você conhece o meu endereço. Lembra-se do que você costumava dizer? 'Ao tenente Ieláguin, Rússia...'"

É espantoso: como era possível, ainda que fosse apenas depois da leitura dessa carta, dizer: "Uniram-se duas pessoas que nada tinham em comum"!

VIII

Sosnóvskaia era polonesa puro-sangue. Mais velha que Ieláguin, tinha 28 anos. O pai, um pequeno funcionário, suicidara-se quando a menina tinha apenas três anos. A mãe passara muitos anos na viuvez, depois tornara a casar-se, mais uma vez com um pequeno funcionário, e mais uma vez enviuvara, pouco depois. Conforme estão vendo, a família de Sosnóvskaia era de tipo bastante comum: de onde provinham então todas aquelas estranhas características interiores, que a distinguiam, e aquela paixão pelo palco, que, conforme já sabemos, manifestara-se nela muito cedo? Creio que não fora da educação que recebera em casa e no internato onde estudara. Diga-se de passagem que ela estudava muito bem e lia muito nas horas vagas. E, lendo, vez por outra transcrevia dos livros pensamentos e máximas que lhe agradavam — e é claro que os relacionava consigo desta ou daquela maneira, como sói acontecer em tais casos — e, de modo geral, fazia algumas anotações, mantendo uma espécie de diário, se é que se pode chamar de diário uns papéis soltos, em que ela às vezes não tocava meses a fio, e onde desabafava em desordem os seus devaneios e modos de ver a vida, ou então simplesmente anotava contas da lavadeira, da costureira e coisas no gênero. Mas o quê, precisamente, ela anotava?

"*Não nascer, eis a felicidade primeira, sendo a segunda regressar o quanto antes ao não-ser.*" Pensamento maravilhoso!

"*O mundo é tedioso, sim, instila um tédio mortal, e minha alma deseja algo fora do comum...*"

"*Os homens compreendem unicamente os sofrimentos de que morrem.*" (Musset).

"*Não, eu não hei de me casar jamais. Todos dizem isso. Mas eu juro por Deus e pela morte...*"

"*Apenas o amor ou a morte. Mas, em que parte do universo se encontrará um homem que eu possa amar? Um homem assim não existe, nem pode existir! Mas, como posso morrer, se eu amo a vida como uma endemoninhada?*"

"*Não há nada no céu, nem sobre a terra, que seja mais atraente e enigmático do que o amor...*"

"*Minha mãe diz, por exemplo, que eu me case por dinheiro. Eu, eu, por dinheiro! Que palavra celestial é 'amor', quanto inferno e quanto encanto existe nela, embora eu não tenha amado nunca!*"

"*O mundo todo me olha com milhões de olhos carnívoros, como quando eu era pequena e ia ao jardim zoológico...*"

"*Não vale a pena ser pessoa humana. Anjo, também não. Também os anjos murmuraram e revoltaram-se contra Deus. O que vale é ser Deus ou nada.*" (Krasinski).[5]

[5] Zygmunt Krasinski, poeta romântico polonês (1812-1859). (N. do T.)

"*Quem pode vangloriar-se de ter penetrado em sua alma, quando ela orienta todos os esforços de sua vida no sentido de ocultar a profundidade dessa alma?*" (Musset).

Tendo concluído o curso no internato, Sosnóvskaia declarou de súbito à mãe que decidira dedicar-se à arte. A mãe, como boa católica, a princípio naturalmente não quis nem ouvir falar em que sua filha se tornasse atriz. A moça, porém, não era de molde a submeter-se a quem quer que fosse e, ademais, ela já tivera tempo de incutir em sua mãe a ideia de que a sua vida, a vida de Mária Sosnóvskaia, não podia de modo algum ser corriqueira e inglória.

Partiu para Lvov aos dezoito anos, e em pouco tempo realizou o seu sonho: subiu ao palco sem maiores percalços, e logo se destacou nele. Adquiriu uma fama a tal ponto consistente, quer entre o público, quer no mundo teatral, que no terceiro ano de profissão já recebia um convite para vir à nossa cidade. Também em Lvov, no entanto, ela fazia em seu caderninho aproximadamente as mesmas anotações:

"*Todos falam a seu respeito, ela provoca lágrimas e risos, mas quem a conhece?*" (Musset).

"*Se não fosse minha mãe, eu já teria me suicidado. É o meu desejo contínuo...*"

"*Quando eu for a algum lugar fora da cidade, hei de ver o céu tão belo, tão profundo, nessas ocasiões não sei o que ocorre comigo. Quero então gritar, cantar, dizer versos, chorar... apaixonar-me e morrer...*"

"*Hei de escolher para mim uma bela morte. Alugarei um quartinho e mandarei forrá-lo de crepe. Deverá haver música tocando do outro lado da parede, eu me deitarei num modesto vestido branco, vou me rodear de flores sem conta, e o seu aroma é que me matará. Oh, como será magnífico!*"

Depois:

"*Todos, absolutamente todos, exigem o meu corpo e não a alma...*"

"*Se eu fosse rica, viajaria pelo mundo inteiro, e amaria pelo globo inteiro...*"

"*Sabe acaso o homem o que quer? Está certo daquilo que pensa?*" (Krasinski).

E, finalmente:

"*Canalha!*"

Quem era aquele canalha, que fizera, certamente, aquilo que é tão fácil de adivinhar? Sabe-se apenas que ele existiu, e nem podia deixar de existir. "Já em Lvov" — disse a testemunha Sause, que trabalhara com Sosnóvskaia naquela cidade — "ela não se vestia, mas antes se despia para ir ao palco, recebia todos os seus conhecidos e admiradores de *peignoir* transparente, as pernas nuas. A beleza destas deixava a todos, e sobretudo aos novatos, num estado de assombro e êxtase. Mas ela dizia: 'Não se espantem, são minhas mesmo' — e mostrava as pernas acima dos joelhos. E ao mesmo tempo, ela não cessava de repetir para mim, muitas vezes com lágrimas, que não existia ninguém que fosse digno do seu amor, e que a sua única esperança era a morte..."

E então apareceu o "canalha", com quem ela viajou para Constantinopla, Veneza e Paris, e em casa de quem ela esteve em Cracóvia, em Berlim. Era não sei que proprietário de terras galiciano,[6] um homem muito rico. A testemunha Vólski, que conhecia Sosnóvskaia desde criança, disse a respeito dele:

— Eu sempre considerei a Sosnóvskaia uma mulher de condição moral muito baixa. Ela não sabia se comportar, como deve fazê-lo uma atriz e uma mulher da nossa região. Ela amava somente o dinheiro, ou melhor, o dinheiro e os homens. Foi com cinismo que ela se vendeu, quase menina ainda, ao velho porco da Galícia!

Foi justamente desse "porco" que Sosnóvskaia falou a Ieláguin, pouco antes de morrer. Deixando escapar as palavras, ela se queixou:

— Cresci solitária, ninguém cuidava de mim. Era estranha a todos, tanto na minha família, como no mundo inteiro... Uma mulher — que a sua descendência seja maldita! — perverteu-me, quando eu era uma menina pura e confiante... E em Lvov, amei sinceramente um homem, amei-o como a um pai, mas ele se mostrou tão canalha, tão canalha, que não posso lembrá-lo sem ficar horrorizada! Ele me acostumou ao haxixe, ao vinho, levou-me a Constantinopla, onde tinha todo um harém, ficava deitado no serralho, olhando as suas escravas nuas, e obrigava a que me desnudasse também, aquele homem vil, ignóbil...

[6] A Galícia mencionada é uma região histórica e geográfica situada entre a Polônia e a Ucrânia. (N. da E.)

IX

Em nossa cidade, Sosnóvskaia logo se tornara uma personagem de fábula, de quem todos falavam.

— Ainda em Lvov — disse a testemunha Miechkóv — ela propunha a muitos que morressem em troca de uma noite com ela, e repetia sempre estar procurando um coração capaz de amar. Era com muita pertinácia que ela procurava esse coração amante. Mas também dizia com frequência: "Meu principal objetivo é viver e aproveitar a vida. O provador tem de experimentar todos os vinhos, e não se embebedar com nenhum. Assim também deve proceder uma mulher com os homens". E era assim mesmo que ela procedia. Não estou bem certo de que ela experimentasse todos os vinhos, mas sei que se rodeou de uma quantidade enorme deles. Aliás, é possível que o fizesse principalmente para levantar barulho ao seu redor e conseguir uma claque no teatro. "O dinheiro", dizia ela, "é bobagem. Sou ambiciosa, às vezes avarenta como a última das pequeno-burguesas, mas nem penso em dinheiro. O mais importante é a glória, tudo o mais virá." E a meu ver, era também esta a razão por que falava sempre em morte: para obrigar os demais a falarem dela...

Em nossa cidade, ocorria o mesmo que em Lvov. E escrevia quase as mesmas notas:

"Meu Deus, que angústia, que sofrimento! Tomara que aconteça um terremoto, um eclipse!"

"De uma feita, estive à noitinha no cemitério: tudo era ali tão belo! Tive a impressão... mas não, eu não sei descrever esse sentimento. Tive vontade de passar ali a noite toda, dizer versos sobre os jazigos e morrer de esgotamento. No dia seguinte, representei melhor que nunca..."

E de novo:

"Estive ontem no cemitério, às dez da noite. Que espetáculo penoso! A lua com os seus raios inundava as cruzes e pedras tumulares. Pareceu-me estar rodeada de milhares de defuntos. E, no entanto, eu me sentia tão alegre, tão feliz! Sentia-me muito bem..."

Depois de conhecer Ieláguin, e tendo sabido um dia, por seu intermédio, que morrera o quartel-mestre do regimento, exigiu que Ieláguin a levasse à capela onde jazia o falecido, e anotou que o aspecto da capela e do defunto, ao luar, causara-lhe "abalo e êxtase".

A ânsia de glória e atenção tornara-se, nessa época, simplesmente frenética. Sim, ela era muito bonita. Não se pode dizer que a sua beleza fosse original, mas, assim mesmo, havia nela certo encanto próprio, incomum, certa mistura de singeleza e inocência com malícia animal, e, além disso, uma mistura de sinceridade e incessante representação: olhem os seus retratos, prestem atenção na expressão dos olhos que lhe era particularmente peculiar — um olhar sempre um tanto de soslaio, os lábios pequenos continuamente mal entreabertos, um olhar tristonho, quase sempre afável, um olhar de apelo, que prometia algo e como que acedia em algo misterioso e devasso. Ela sabia utilizar a sua beleza. No palco, fazia sempre novos admiradores não só pelo fato de saber particularmente desabrochar ali com todos os seus encantos, com a voz e a vivacidade dos movimentos, com o riso ou as lágrimas, mas também por se apresentar com a maior frequência em papéis em que podia exibir o corpo. E, em casa, usava tentadores trajes gregos e orientais, nos quais recebia os seus numerosos visitantes: reservara um dos seus quartos, conforme dizia, para o suicídio — ali havia revólveres, punhais, sabres em meia-lua e em parafuso, e frascos com toda espécie de veneno — e a morte tornara-se objeto constante e predileto da sua conversa. Mais ainda: com frequência, ao conversar sobre as diferentes formas de suicídio, agarrava de repente na parede um revólver carregado, armava o gatilho, encostava o cano à têmpora e dizia: "Beije-me nesse mesmo instante, senão eu vou atirar!" — ou então punha na boca uma pílula de estricnina e anunciava que se o seu convidado não caísse no mesmo instante de joelhos e não lhe beijasse o pé descalço, ela engoliria aquela pílula. E tudo isto ela fazia e dizia de tal maneira que o convidado empalidecia de medo e saía dali duplamente enfeitiçado, espalhando depois pela cidade justamente aqueles boatos perturbadores que ela queria...

— E em geral, ela quase nunca era ela mesma — disse no julgamento a testemunha Zaléski, que fora seu íntimo durante muito tempo. — Brincar, espicaçar os demais era sua ocupação permanente. Era grande mestra em levar um homem a um estado de loucura, por meio de olhares carinhosos e enigmáticos, de sorrisos significativos ou de um triste suspiro de criança indefesa. E assim também se comportava com Ieláguin. Ora ela o deixava abrasado, ora lhe jogava água fria... Quereria ela morrer? Mas ela amava vorazmente a vida, e temia a morte ao extremo. Em geral, havia em seu temperamento muita alegria e gosto de viver. Lembro-me que de uma feita Ieláguin mandou-lhe de presente a pele de um urso branco. Naquela ocasião, estavam em sua casa muitos convidados. Mas ela esqueceu a todos, tão entusiasmada ficara com aquela pele. Estendeu-a no chão e, sem se incomodar com ninguém, ficou dando sobre ela cambalhotas e exibições que fariam inveja a qualquer acrobata... Era uma mulher encantadora!

Aliás, o mesmo Zaléski contou também que ela sofria acessos de angústia e desespero. O médico Sierochévski, que a conhecera durante dez anos e que a tratara ainda antes que ela partisse para Lvov — ela estava então com um início de tísica —, também depôs que, nos últimos tempos, ela sofria de um acentuado distúrbio nervoso, de perda de memória e alucinações, a tal ponto que a testemunha temia por suas faculdades mentais. Fora tratada do mesmo distúrbio pelo médico Schumacher, a quem repetia, sempre, que não haveria de ter morte natural (e de quem tomara emprestados de uma feita dois volumes de Schopenhauer, "lidos com muita atenção, e, o que é mais surpreendente, muito bem compreendidos, conforme se constatou depois"). Quanto ao médico Niezdiélski, prestou o seguinte depoimento:

— Era uma mulher estranha! Quando havia visitas em sua casa, mostrava-se quase sempre muito alegre, faceira; mas acontecia-lhe também calar-se sem mais aquela, rolar os olhos e deixar a cabeça caída sobre a mesa... ou então começava a quebrar no chão copos e cálices... Nessas ocasiões, era sempre necessário correr a pedir-lhe: vamos, mais, mais ainda — e ela imediatamente interrompia esta ocupação.

Pois bem, o segundo-tenente Aleksandr Mikháilovitch Ieláguin encontrara-se finalmente com esta "mulher estranha e tentadora".

X

Como se dera esse encontro? Como surgira entre eles a intimidade, e quais eram os seus sentimentos mútuos, as suas relações? O próprio Ieláguin relatou isto duas vezes: a primeira, laconicamente e com voz interrompida, ao juiz de instrução, algumas horas após o assassinato; a segunda vez, num dos interrogatórios que tiveram lugar três semanas após o primeiro.

— Sim — dizia ele —, sou culpado de ter privado Sosnóvskaia da vida, mas por vontade expressa dela...

"Conheci-a faz um ano e meio, no caixa do teatro, por intermédio do tenente Boodberg. Apaixonei-me por ela perdidamente, e acreditava ser correspondido. Mas nem sempre tinha certeza. Às vezes parecia-me que ela me amava até mais do que eu a ela, outras, tinha a impressão contrária. Além disso, ela estava constantemente rodeada de admiradores, abusava do coquetismo, e eu era presa de um ciúme cruel. Mas no final das contas, apesar de tudo, não era isto que constituía a nossa trágica situação, era algo diverso, que eu não consigo expressar... Em todo caso, juro que não foi por ciúme que a matei...

"Conheci-a em fevereiro do ano passado, no teatro, junto ao caixa. Fiz-lhe uma visita, mas até outubro não ia à sua casa mais de duas vezes por mês, e ainda assim, sempre de dia. Em outubro, declarei-lhe o meu amor, e ela se deixou beijar. Uma semana depois, fui com ela e com o meu colega

Volóchin cear num restaurante fora da cidade, voltei de lá a sós com ela, e embora estivesse alegre, carinhosa e um pouco embriagada, senti perante ela tamanha timidez que tive medo até de beijar-lhe a mão. Depois, ela me pediu uma vez emprestado um livro de Púchkin, e, tendo lido *Noites egípcias*, perguntou-me: 'E o senhor daria a vida em troca de uma noite com a mulher amada?'.[7] E quando me apressei a responder pela afirmativa, ela teve um sorriso enigmático. Então eu já a amava muito, e via e sentia nitidamente que esse amor era fatal para mim. À medida que nos tornávamos mais íntimos, eu ficava mais desembaraçado, passei a falar-lhe cada vez mais do meu amor, dizia sentir que estava me perdendo... ainda que fosse unicamente pelo fato de que meu pai nunca me permitiria casar-me com ela, e que, ao mesmo tempo, era impossível para ela viver comigo sem se casar, na qualidade de atriz a quem a sociedade polonesa jamais perdoaria uma ligação pública e ilegal com um oficial russo.[8] E ela também se queixava do seu destino, da sua alma estranha, mas evitava responder às minhas declarações de amor e à minha pergunta muda sobre se ela me amava, e parecia dar-me alguma esperança com essas queixas de caráter tão íntimo...

"A partir de janeiro deste ano passei a frequentar sua casa todos os dias. Enviava-lhe buquês ao teatro, mandava flores à sua casa, fazia-lhe presentes... Dei-lhe dois mandolins, a pele de um urso branco, um anel e um bracelete de diamantes, resolvi presenteá-la com um broche em forma de caveira. Ela adorava emblemas de morte, e mais de uma vez

[7] No referido conto, um improvisador diz versos em que se narra um episódio semelhante, a respeito de Cleópatra, que teria feito essa oferta publicamente. (N. do T.) [Em português, ver *Noites egípcias*, tradução e organização de Cecília Rosas, São Paulo, Hedra, 2010. (N. da E.)]

[8] Estando a Polônia ocupada pelos russos, havia no país uma forte animosidade contra os ocupantes. (N. do T.)

dissera-me que ficaria contente de receber de mim um broche precisamente desse tipo, com uma inscrição em francês: '*Quand même pour toujours!*'.

"Em 26 de março do corrente ano, convidou-me para cear. Depois da ceia, entregou-se a mim pela primeira vez... no quarto que chamava de 'japonês'. Nesse mesmo quarto aconteceram os nossos encontros ulteriores; terminada a ceia, ela mandava a criada dormir. Depois, ela me deu a chave do seu quarto, cuja porta externa dava diretamente para a escada... Em recordação de 26 de março, mandamos fazer alianças, em cuja face interna estavam gravadas, conforme ela pedira, as nossas iniciais e a data da nossa intimidade...

"Numa das nossas excursões para fora da cidade, fomos até uma aldeia em que havia uma igreja católica e um cruzeiro ao lado, e eu jurei a ela diante desse cruzeiro o meu amor eterno, disse-lhe que ela era minha esposa perante Deus, e que lhe seria fiel até a morte. Ela ficou parada, tristonha, pensativa, calada. A seguir, disse, com simplicidade e firmeza: 'Eu também te amo. *Quand même pour toujours!*'.

"Certa feita, no começo de maio, eu ceava em casa dela, quando ela apanhou ópio em pó e disse: 'Morrer é tão fácil! Basta acrescentar um pouco desse pó, e estará tudo feito!'. E, pondo um pouco de pó na taça de champanhe, levou esta à boca. Arranquei-lhe a taça das mãos, despejei o vinho na lareira e quebrei a taça com a espora. No dia seguinte, ela me disse: 'Em lugar de tragédia, ontem tivemos uma comédia!'. E acrescentou: 'Que remédio? Eu não ouso fazer isto sozinha, você também não ousa, não consegue... Que vergonha!'.

"Depois disso, passamos a nos ver mais raramente: ela disse que não podia mais me receber em sua casa de noite. Por quê? Eu estava perdendo a cabeça, sofria terrivelmente. Mas, além disso, ela mudara nas relações comigo, tornara-se fria e zombeteira, me recebia às vezes com tais maneiras como se mal nos conhecêssemos, e sempre zombava da minha falta de caráter... E, de repente, tudo tornou a mudar. Ela passou a vir buscar-me para passeios, começou a provocar-me; talvez porque também eu começara a manifestar uma fria discrição nas minhas relações com ela... Finalmente, pediu-me que alugasse para os nossos encontros um apartamento que ficasse numa rua pouco movimentada, em algum prédio velho e sombrio, um apartamento que fosse de todo escuro e decorado segundo as suas instruções... Os senhores sabem qual era exatamente a decoração desse apartamento...

"Bem, em 16 de junho fui à sua casa às quatro horas, disse-lhe que o apartamento estava pronto e dei-lhe uma das chaves. Ela sorriu e, devolvendo-me a chave, respondeu: 'Falemos disso mais tarde'. Soou então a campainha, veio vê-la um certo Chkliariévitch. Escondi apressadamente a chave no bolso e passei a falar de futilidades. Quando eu estava saindo em companhia de Chkliariévitch, ela disse a ele alto, no vestíbulo: 'Venha segunda-feira!' — e murmurou para mim: 'Venha amanhã, às quatro' — e murmurou-o de tal maneira que a cabeça me desandou a rodar...

"No dia seguinte, cheguei à sua casa às quatro em ponto. Qual não foi o meu espanto quando a cozinheira, que me abrira a porta, disse que Sosnóvskaia não podia me receber, e me entregou uma carta! Ela escrevia não estar se sentindo bem, que estava indo para a casa de campo de sua mãe e que 'agora já é tarde!'. Fora de mim, entrei na primeira confeitaria e escrevi uma carta horrível, pedindo-lhe que me explicasse o que significava a palavra 'tarde', e enviei-lhe a carta por um portador. Mas este me trouxe a carta de volta: ela não estava em casa. Concluí então que ela queria romper definitivamente comigo, e, voltando para casa, escrevi-lhe outra carta, censurando-lhe asperamente todo o seu jogo comigo e pedindo-lhe que me devolvesse a aliança, que não passava para ela, provavelmente, de brincadeira, mas que era para mim aquilo que havia de mais caro na vida, aquilo que devia ir comigo para o túmulo: eu queria dizer com isso que estava tudo acabado entre nós, e sugerir-lhe que me restava unicamente a morte. Com essa carta, devolvi-lhe o seu retrato, todas as cartas que me escrevera, e coisas que estavam sob minha guarda: luvas, grampos, um pequeno chapéu... O ordenança voltou e me disse que não a encontrara em casa, deixando a carta e o embrulho com o zelador do prédio...

"De noite, fui ao circo, onde encontrei Chkliariévitch, que me era quase desconhecido, e, temendo ficar sozinho, fui tomar champanhe com ele. De repente, Chkliariévitch disse: 'Escute, eu vejo que está sofrendo, e sei a causa disso. Creia-me que ela não merece esse sofrimento. Todos nós já passamos por isso, ela já nos puxou a todos pela coleira'... Tive vontade de tirar o sabre e rachar-lhe a cabeça, porém o meu estado era tal que não somente não fiz nada no gênero e não interrompi a conversa, mas até, no íntimo, fiquei contente com ela, com a possibilidade de encontrar simpatia da parte de alguém. Não sei o que me acontecera: naturalmente, não deixei escapar uma palavra sequer em resposta, não disse nem uma palavra sobre Sosnóvskaia, mas levei-o para a Starográdskaia, e mostrei-lhe o apartamento que eu escolhera com tanto amor para os nossos encontros. Sentia tanta vergonha e amargura por ter sido um tolo naquela história do apartamento...

"Dali, mandei o cocheiro ir a toda brida para o restaurante de Nieviárovski; caía uma chuva fraca, o carro voava, e eu me senti até assustado e dolorido com aquela chuva e as luzes encontradas pela frente. À uma da madrugada, voltei com Chkliariévitch do restaurante para casa, e já começava a despir-me quando o ordenança me entregou um bilhete: ela me esperava na rua e pedia-me que descesse incontinente. Viera numa caleça, acompanhada de uma criada, e disse-me que se assustara tanto por minha causa, que nem podia ir sozinha de carro, e por isso trouxera a criada. Eu disse ao ordenança que levasse a criada para casa, sentei-me na caleça de Sosnóvskaia e fomos para a Starográdskaia. Pelo caminho, eu a censurei, disse-lhe que ela estava brincando comigo. Manteve-se calada e, olhando para a frente, enxugava às vezes as lágrimas. Aliás, parecia tranquila. E como o seu estado geralmente se transmitia a mim, também comecei a acalmar-me. Quando chegamos ao destino, ela se alegrou de vez — o apartamento agradara-lhe muito. Tomei-lhe a mão, pedi perdão por todas as minhas censuras, e que me devolvesse o retrato, isto é, aquele que eu lhe enviara de volta, em meu acesso de irritação. Nós tínhamos brigas frequentes, e no fim eu sempre me sentia culpado e pedia que me perdoasse. Levei-a para casa às três da manhã. Pelo caminho, a nossa conversa aguçou-se mais uma vez. Ela ficou sentada, olhando em frente, eu não lhe via o rosto, sentia apenas o seu perfume e ouvia o som gélido e mau da sua voz: 'Você não é homem', disse ela, 'não tem nenhum caráter, eu posso, quando bem entender, deixá-lo furioso ou tranquilizá-lo. Se eu fosse homem, cortaria em pedacinhos uma mulher como eu!'. Gritei então: 'Neste caso, tome de volta o seu anel!' — e coloquei-o à força em seu dedo. Ela se voltou na minha direção e disse, com um sorriso encabulado: 'Venha amanhã'. Respondi que não iria em hipótese alguma. Tímida, encabulada, ela se pôs a me pedir isso, dizendo: 'Não, você virá, virá... à Starográdskaia...'. E acrescentou decidida: 'Não, eu imploro a você que venha, em breve eu vou viajar para o estrangeiro, quero vê-lo pela última vez, e principalmente preciso dizer a você uma coisa importante'. Tornou a chorar e disse: 'Só me admiro do seguinte: você diz que me ama, que não é capaz de viver sem mim, que vai suicidar-se, mas não me quer ver uma última vez...'. Respondi, procurando aparentar controle, que se era assim, eu lhe comunicaria no dia seguinte a hora em que estaria livre. Quando nos despedimos sob a chuva, junto à entrada do seu prédio, meu coração parecia romper-se de comiseração e de amor por ela. Voltando para casa, encontrei ali, surpreendido e enojado, Chkliariévitch que dormia...

"Na manhã de segunda-feira, 18 de junho, enviei a ela um bilhete, dizendo que estaria livre a partir de meio-dia. Respondeu-me: 'Às seis, na Starográdskaia...'."

XI

Antonina Kovanko, arrumadeira em casa de Sosnóvskaia, e a sua cozinheira, Vanda Liniévitch, depuseram que no sábado, dia 16, Sosnóvskaia estava acendendo a espiriteira para cachear o cabelo, quando, distraída, deixou cair um fósforo sobre a falda do seu leve *peignoir*, que se incendiou, e Sosnóvskaia deu um grito selvagem, arrancando-o de si. Ficou tão assustada que caiu de cama, mandou chamar o médico e, depois, não parava de repetir:

— Vejam, isto anuncia uma grande desgraça...

Pobre e querida mulher! Essa história do *peignoir* e do seu pânico infantil me perturba e me comove ao extremo. Essa bagatela de certa maneira liga admiravelmente e ilumina para mim tudo o que sempre ouvimos a seu respeito de fragmentário e contraditório, aquilo que tivemos oportunidade de ouvir à farta depois da sua morte, tanto em sociedade como no tribunal, mas, sobretudo, suscita espantosamente em mim uma viva impressão daquela Sosnóvskaia autêntica, que quase ninguém compreendeu nem sentiu deveras — assim como não compreenderam nem sentiram Ieláguin — não obstante todo o interesse que sempre haviam demonstrado por ela, e todo o desejo de compreendê-la, de adivinhá-la, não obstante todos os comentários a seu respeito, e que não tinham fim, no decorrer do ano que passou.

Sim, repito: é surpreendente a precariedade dos juízos humanos! Mais uma vez aconteceu aquilo mesmo que sempre acontece, quando as pessoas têm de orientar-se em relação a um acontecimento por menos importante que seja: resultou que as pessoas olhavam sem ver, escutavam sem ouvir. Bem que era necessário, contrariando toda evidência, deformar como que intencionalmente a imagem de Ieláguin e de Sosnóvskaia e tudo o que tinha havido entre eles! Todos pareciam ter combinado dizer unicamente vulgaridades. Realmente, parecia não haver motivo para maiores conjeturas: ele era um hussardo, um estroina bêbado e ciumento, e ela, uma atriz que se enredara numa vida destrambelhada e imoral...

— Os ambientes reservados de restaurante, o álcool, as mulheres da vida, a devassidão, o tilintar do sabre — diziam a seu respeito —, abafavam nele todos os sentimentos mais elevados...

Os sentimentos elevados, o álcool! Mas o que significa a bebida para um homem como Ieláguin? "Sinto às vezes no íntimo tamanha força e sofrimento, tamanha atração pelo que é bom e elevado, numa palavra, o diabo sabe pelo quê, e isso até me faz doer o peito... Quero apanhar não sei que melodia fugaz, que me parece ter ouvido em alguma parte, mas não há meio de captá-la..." Mas, em meio à embriaguez, respira-se mais leve e livremente, na embriaguez a melodia fugaz soa mais nítida e mais próxima. E que importa que a embriaguez, a música e o amor sejam, afinal, enganadores, e apenas aumentem esta sensação do mundo e da existência, esta sensação ainda não expressa em sua intensidade e plenitude?

— Ela não o amava — diziam de Sosnóvskaia. — Ela o temia apenas; bem que ele constantemente ameaçava se matar, isto é, não só carregar-lhe a alma com o peso da sua morte, mas também transformá-la na personagem central de um grande escândalo. Há testemunhos de que ela sentia por ele "até certa repugnância". Assim mesmo, ela pertenceu ao tenente? Mas em que isto altera o caso? A quantos homens ela não pertencera! No entanto, Ieláguin quisera transformar em drama uma daquelas inúmeras comédias amorosas que ela gostava de representar...

E ainda:

— Ela ficou horrorizada com aquele ciúme terrível, desmesurado, que ele passou a manifestar cada vez mais. Um dia, o ator Strakun estava de visita em casa de Sosnóvskaia. Ieláguin a princípio ficou quieto, sentado, apenas empalidecia de ciúme. De repente, levantou-se e passou para a sala vizinha. Ela correu atrás dele e, vendo-lhe nas mãos um revólver, caiu de joelhos diante dele, implorando-lhe que tivesse pena dela e de si mesmo. Tais cenas provavelmente se representavam com frequência. Não será compreensível, depois disso, que ela tenha decidido finalmente livrar-se dele, e partir para o estrangeiro, viagem esta para a qual já estava completamente preparada na véspera de sua morte? O tenente levara-lhe a chave do apartamento na Starográdskaia, do apartamento que ela havia inventado, provavelmente pela única razão de que desejava ter um pretexto para não o receber em sua casa, até a partida para o exterior. Ela não levara aquela chave. Ele passou a importuná-la com isso. Sosnóvskaia declarou: "Agora já é tarde" — isto é, não tenho mais razão para levá-la, eu vou viajar. Mas ele enviou-lhe então uma carta de teor tal que, ao recebê-la, ela tomou às pressas um fiacre, de noite, e foi à sua casa, completamente assustada com a perspectiva de já o encontrar morto...

Admitamos que tudo isso seja verdade (embora essas hipóteses contradigam completamente a confissão de Ieláguin). Ainda assim, por que Ieláguin, que sentia um ciúme tão "terrível" e "desmesurado", quisera transformar a comédia em drama? Para que precisava disso? Por que não a matara simplesmente a tiro, num dos seus acessos de ciúme? Por que "não ocorrera luta entre o assassino e a vítima"? E também:

"Ela sentia às vezes por ele até certa repugnância...". Em presença de estranhos, ela chegava a zombar dele, dava-lhe apelidos ofensivos, chamava-o, por exemplo, de "cachorrinho de pernas tortas". Mas, Deus meu, nisso é que está toda Sosnóvskaia! Bem que ainda nos seus apontamentos de Lvov aparece alusão à repugnância por alguém: "*Então, ele ainda me ama! E eu? O que sinto por ele? Amor e repugnância ao mesmo tempo!*". Ela ofendia Ieláguin? Sim, de uma feita, depois de haver brigado com ele — isto lhes acontecia com muita frequência —, ela chamou a arrumadeira e, atirando a sua aliança ao chão, gritou: "Fique com esta porcaria!". Mas o que fizera antes disso? Antes, ela fora correndo à cozinha e dissera: "Daqui a pouco, vou chamar você, vou jogar este anel ao chão, e mandarei você apanhá-lo para si. Mas não esqueça: será apenas uma comédia, você deverá devolvê-lo a mim hoje mesmo, porque foi por meio deste anel que eu noivei com esse bobalhão, e o anel é o que eu mais prezo neste mundo...".

Absolutamente, não era em vão que lhe chamavam mulher "de conduta leviana", e não fora também em vão que a Igreja Católica lhe recusara uma sepultura cristã, "por ser pessoa má e devassa". Ela pertencia inteiramente àquele tipo de mulher que dá tanto as prostitutas profissionais como as livres servidoras do amor. Mas que personalidades são elas? São pessoas com uma sexualidade dominante, insaciada, insatisfeita, e que nem pode ser saciada. Em consequência do quê? Sei lá em consequência do quê. E vejam o que sempre ocorre: os homens daquela espécie extremamente complexa e que apresenta um interesse profundo, que constitui (nesta ou naquela medida) o modelo atávico, homens que são em sua essência intensamente sensuais não só em relação à mulher, mas também em geral, em toda a sua apreensão do mundo, arrastam-se sempre, com todas as forças do corpo e do espírito, justamente para tais mulheres, e são os heróis de uma quantidade imensa de dramas e tragédias de amor. Por quê? Por força do seu baixo gosto, da sua devassidão, ou simplesmente em virtude da facilidade de acesso a tais mulheres? Claro que não, mil vezes não. Não, ainda que seja pelo fato de que semelhantes homens sentem e veem muito bem em que medida é sempre torturante, por vezes realmente terrível e destruidora, uma ligação ou a mera proximidade a essas mulheres. Eles sentem, vêem e sabem isto, mas assim mesmo arrastam-se principalmente para elas, para mulheres precisamente desse tipo — arrastam-se incoercivelmente para o seu próprio sofrimento e, mesmo, a sua perdição. Por quê?

— Naturalmente, ela estava apenas representando uma comédia, ao escrever as suas notinhas pré-agônicas, incutindo a si mesma a ideia de que realmente chegara a sua hora derradeira. E não convencem do contrário, de modo algum, quaisquer dos seus diários (assaz ingênuos e banais, diga-se de passagem) e nenhuma das suas visitas a cemitérios...

Ninguém nega a ingenuidade dos seus diários e o caráter teatral dos seus passeios nos cemitérios, assim como não se nega o fato de que ela gostava de aludir à sua semelhança com Mária Baschkírtseva e Maria Vetsera.[9] Mas, assim mesmo, por que ela escolhera esse tipo de diário e não outro, e queria manter afinidade precisamente com mulheres assim? Tinha tudo: beleza, mocidade, glória, dinheiro, centenas de admiradores, e utilizava tudo isto com embriaguez e paixão. E, no entanto, a sua vida era um sofrimento contínuo, uma ânsia incessante de ir embora do odioso mundo terrestre, on-

[9] Mária Baschkírtseva foi uma pintora e escritora russa (1858-1884), que residiu muitos anos na França, onde se publicou postumamente o seu diário em francês, conhecido como *Journal de Marie Bashkirtseff*. Maria Vetsera (1871-1889) foi amante do arquiduque Rodolfo de Habsburgo, morta juntamente com ele em circunstâncias misteriosas. (N. do T.)

de tudo é sempre diverso do que deveria ser. Por que? Porque ela representara para si mesma esse papel. Mas por que representara precisamente esse papel e não algum outro? Seria porque tudo isto é tão corrente entre mulheres que se voltaram, como elas dizem, à arte? Mas por que, então, isso é tão corrente? Por quê?

XII

Na manhã de domingo, a sineta de mesa ressoou em seu quarto pouco depois das sete: ela acordara e estava chamando a criada, muito antes que de costume. A moça entrou com uma xícara de chocolate numa bandeja e abriu as cortinas. Sosnóvskaia estava sentada na cama, e seguia os movimentos da empregada, na sua atitude habitual, de soslaio, os lábios pequeninos entreabertos, pensativa e distraída. Depois disse:

— Sabes, Tônia, ontem adormeci logo após a consulta médica. Ai, como eu me assustei, Mãe do Céu! E logo que ele chegou eu me senti tão bem, tão tranquila. Acordei de noite, ajoelhei-me na cama e passei uma hora inteira rezando... Pense em como eu estaria se me tivesse queimado toda! Meus olhos iriam arrebentar, os lábios ficariam inchados. Daria medo olhar para mim... Iriam tampar todo o rosto com algodão...

Ficou muito tempo sem tocar no chocolate, sentada, pensando. Depois, bebeu o chocolate, tomou banho, e ainda em seu roupãozinho e de cabelos soltos, redigiu, em sua pequena escrivaninha, algumas cartas sobre papel tarjado: fazia tempo que encomendara esse papel. Depois de se vestir e almoçar, saiu: esteve na casa de campo de sua mãe, e voltou somente depois das onze da noite, acompanhada pelo ator Strakun, que "era sempre uma pessoa de casa".

— Os dois voltaram alegres — contou a criada. — Eu os recebi na sala de entrada, chamei no mesmo instante a minha patroa para um canto e passei a ela a carta e os objetos que, na sua ausência, tinham chegado de Ieláguin. Ela murmurou, referindo-se às coisas: "Esconda depressa, para que Strakun não veja!" — depois, abriu às carreiras o envelope e, no mesmo instante, ficou pálida, confusa, e gritou, agora sem se importar com o fato de Strakun estar sentado na sala de visitas: "Pelo amor de Deus, corra nesse instante atrás de um carro!" — corri e ao voltar já encontrei a patroa à entrada do prédio. Saímos em disparada e pelo caminho ela ficou fazendo sem parar o sinal da cruz e repetindo: "Ai, Mãe do Céu, tomara que eu o encontre vivo!".

Na segunda-feira, ela foi de manhã aos banhos, junto ao rio. Nesse dia, jantavam em sua casa Strakun e uma inglesa (que vinha quase diariamente dar aulas de inglês, e quase nunca as dava). Depois do jantar, a inglesa foi embora, e Strakun ficou cerca de uma hora e meia ainda: fumava, estirado no divã, a cabeça nos joelhos da dona da casa, que "estava só de roupão e chinelinhas japonesas nos pés descalços". Finalmente, Strakun foi embora também e, despedindo-se dele, Sosnóvskaia pediu-lhe que voltasse "hoje mesmo, às dez da noite".

— Não será demais? — disse Strakun, rindo e procurando a sua bengala no vestíbulo.

— Oh, não, por favor! — disse ela. — E se eu não estiver em casa, por favor, Liússia,[10] não fique zangado...

Depois passou muito tempo queimando na lareira certas cartas e outros papéis. Cantarolava, brincava com a criada:

— Agora, vou queimar tudo, visto que eu mesma não me incendiei! Teria sido bom se eu tivesse sumido no fogo! Mas toda, até as cinzas...

[10] Aqui, diminutivo brincalhão, provavelmente de Aleksei. (N. do T.)

E depois:

— Diga a Vanda que a ceia tem de estar pronta por volta das dez. E agora, vou sair...

Saiu depois das cinco, levando consigo "qualquer coisa embrulhada num papel, parecendo um revólver".

Foi à Starográdskaia, mas pelo caminho desviou-se para ir à casa da costureira Lieschtchínskaia, que lhe estava encurtando o *peignoir* que no sábado pegara fogo, e, segundo a costureira, ela "estava alegre e simpática". Examinou o *peignoir* e embrulhou-o num papel, junto com o pacote que trouxera de casa, e ainda ficou muito tempo sentada na oficina, entre as moças, dizendo o tempo todo: "Ai, minha Mãe do Céu, como eu me atrasei, está na hora de ir embora, meus anjinhos!" — e não havia meio de partir. Finalmente, levantou-se decidida e disse com um suspiro, porém alegre:

— Adeus, *pani*[11] Lieschtchínskaia. Adeus, irmãzinhas, meus anjinhos, obrigado por terem tagarelado comigo. É tão agradável para mim ficar nessa simpática roda feminina, pois estou sempre entre homens e mais homens!

E tendo feito da soleira da porta mais um aceno com a cabeça, acompanhado de um sorriso, saiu...

Para que levara consigo um revólver? Este pertencia a Ieláguin, mas ela o retivera em sua casa, com medo de que Ieláguin se suicidasse. "Mas agora pretendia devolvê-lo ao proprietário, pois ia partir, depois de alguns dias, para uma longa viagem ao estrangeiro" — disse o promotor e acrescentou:

— Foi assim que ela partiu para a sua entrevista fatal (de cuja natureza, porém, não tinha consciência). Às sete da noite, ela estava na casa da rua Starográdskaia, número 14, no apartamento número 1, e eis que a porta desse aparta-

[11] "Senhora", em polonês. (N. do T.)

mento se fechou, para tornar a abrir-se somente na manhã de 19 de junho. O que aconteceu ali de noite? Ninguém pode nos relatar a não ser Ieláguin. Vamos, pois, ouvi-lo mais uma vez...

XIII

Imersos num silêncio profundo, ouvimo-lo todos mais uma vez, todo o numeroso público da sala das sessões ouviu aquelas páginas do libelo, que o promotor achou necessário recompor em nossa memória, e com as quais terminava o relato de Ieláguin.

— Mandei-lhe um bilhete na segunda-feira, 18 de junho, comunicando-lhe que estaria livre a partir do meio-dia. Respondeu-me: "Às seis, na Starográdskaia".

"Às quinze para as seis eu já estava ali; trouxera comigo frios, duas garrafas de champanhe, duas de cerveja preta, dois copinhos e um frasco de água-de-colônia. Todavia, foi preciso esperar muito: ela chegou somente às sete...

"Entrando, beijou-me distraída, passou para o cômodo ao lado, e jogou no divã o embrulho que trouxera. — 'Saia' — disse-me em francês — 'quero despir-me'. — Saí e tornei a passar muito tempo sentado sozinho. Estava plenamente lúcido e acabrunhado ao extremo, sentindo confusamente que tudo terminara, estava terminando... Aliás, o próprio ambiente era estranho: estava sentado com a luz acesa como se fosse noite, e, no entanto, sabia e sentia que, lá fora, além das paredes daqueles quartos isolados e escuros, ainda era dia, um belo anoitecer de verão... Ela passou muito tempo sem me chamar, não sei o que fazia. Do outro lado da porta, tudo estava completamente quieto. Finalmente, gritou: 'Venha, agora já pode vir...'.

"Estava deitada no divã, apenas de *peignoir*, as pernas nuas, sem meias nem sapatos, e quieta, olhava de soslaio para o lampião no teto. O embrulho que ela trouxera estava aberto, e vi o meu revólver. Perguntei: 'Para que você o trouxe?'. Custou um pouco a responder: 'À toa... Vou viajar... É melhor você guardá-lo aqui, e não em casa...'. Tive de relance um pensamento terrível: 'Não, não foi à toa!' — mas não disse nada.

"Também a conversa, que se iniciou entre nós em seguida, decorreu durante bastante tempo de maneira forçada e fria. No íntimo, eu estava muito inquieto: o tempo todo queria compreender algo, esperava que, decorrido mais um instante, eu conseguiria concentrar-me e, finalmente, lhe diria algo importante, decisivo: bem que eu compreendia que era talvez o nosso último encontro, ou que, pelo menos, a separação seria prolongada; e mesmo assim não conseguia empreender nada, sentia a minha própria impotência. Ela me disse: 'Fume, se tem vontade...' — 'Mas você não gosta' — respondi. — 'Não, agora não importa' — replicou. — E sirva-me champanhe...' Alegrei-me tanto como se isto fosse a minha salvação. Tomamos uma garrafa inteira em alguns minutos, sentei-me ao seu lado e pus-me a beijar-lhe as mãos, dizendo que não sobreviveria à sua viagem. Ela foi desgrenhando-me os cabelos, dizendo: 'Sim, sim... Que infelicidade, eu não poder tornar-me sua esposa... Tudo e todos estão contra nós, somente Deus talvez esteja do nosso lado... Eu amo a tua alma, a tua imaginação...'. Não sei o que ela pretendia dizer com esta última palavra. Olhei para cima, para baixo da umbela, e disse: 'Veja, estamos aqui, você e eu, como num jazigo. E que silêncio!'. Em resposta, ela apenas sorriu tristemente...

"Por volta das dez, disse-me estar com fome. Passamos para a sala de entrada. Mas ela comeu pouco, eu também, e bebemos bastante. De repente, ela olhou para os frios que eu trouxera e exclamou: 'Tolo, maluco, quanta coisa comprou de novo! A próxima vez, não se atreva mais a fazer isto.' — 'Mas, quando será, agora, essa próxima vez?' — perguntei. Ela me lançou um olhar estranho, deixou pender a cabeça e rolou os olhos para cima. 'Jesus, Maria — murmurou ela — o que vamos fazer? Oh, eu quero você loucamente! Passemos para ali, depressa'.

"Decorrido algum tempo, olhei de relance o relógio, já era mais de uma. 'Oh, como está tarde' — disse ela. — 'É preciso ir imediatamente para casa.' No entanto, nem chegou a soerguer-se, e acrescentou: 'Sabe? Sinto que é preciso sair daqui o quanto antes, mas não consigo mover-me do lugar. Sinto que não sairei daqui. Você é o meu destino, a minha fatalidade, a vontade de Deus...'. Também isto eu não consegui compreender. É provável que ela quisesse dizer algo comum àquilo que escreveria depois: 'Não morro por minha própria vontade'. Vocês pensam que ela expressou, com essa frase, o seu estado indefeso diante mim. Mas, a meu ver, ela queria dizer outra coisa: que o nosso infeliz encontro era uma fatalidade, um desejo de Deus, e que ela morria não por sua própria vontade, mas pela vontade divina. Aliás, não atribuí naquela ocasião nenhuma importância especial às suas palavras, fazia muito tempo que eu me acostumara ao seu procedimento estranho. Depois, ela disse de repente: 'Você tem um lápis?'. Fiquei mais uma vez surpreendido: para que precisava de um lápis? Mas apressei-me a dá-lo: estava dentro do meu caderninho de notas. Pediu-me que lhe desse também um cartão de visita. Quando ela se pôs a escrever nele, eu disse: 'Mas escute, não fica bem escrever bilhetes no meu cartão de visita'. — 'Não, é uma coisa à toa, são apontamentos para mim mesma' — respondeu ela. — 'Deixe-me pensar e cochilar um pouco' — e, colocando o cartão de visita sobre o peito, fechou os olhos. Tudo se aquietou a tal ponto, que eu caí numa espécie de torpor...

"Assim se passou provavelmente não menos de meia hora. De repente, ela abriu os olhos, e disse com frieza: 'Esqueci que vim para cá para devolver a você o seu anel. Ontem, você mesmo quis acabar com tudo'. E, soerguendo-se, jogou o anel sobre o ressalto da parede. 'Acaso você me ama?' — quase gritou ela. — 'Não compreendo como você pode tranquilamente deixar-me continuar vivendo! Sou mulher, não tenho espírito de decisão. Não temo a morte, temo os sofrimentos, mas você poderia, com um tiro, dar cabo de mim e, depois, de si mesmo.' — Nesse momento eu compreendi ainda melhor, com uma nitidez sinistra, todo o horror, todo o irreparável da nossa situação, e que finalmente ela deveria resolver-se de algum modo. Matá-la, porém... não, senti que não poderia fazer isto. Mas também tive outro sentimento: chegara para mim o instante decisivo. Tomei o revólver e armei o gatilho. 'Como? Só você?' — exclamou ela, erguendo-se de um salto. — 'Não, juro por Cristo, de modo algum!' — e arrancou-me o revólver...

"Seguiu-se novamente aquele silêncio aflitivo. Eu estava sentado, e ela deitada, sem se mexer. E de repente, ela disse imperceptivelmente, para si mesma, qualquer coisa em polonês, e em seguida para mim: 'Passe cá o meu anel'. — Eu o passei. — 'E o seu também!' — disse ela. Apressei-me a fazer isso também. Ela pôs o seu no dedo, mandou-me que fizesse o mesmo com o meu, e começou a falar: 'Eu amei você sempre, e amo-o agora também. Fiz com que você perdesse o juízo, trouxe-lhe sofrimento, mas é assim o meu gênio, e é assim também o nosso destino. Passe-me a minha saia, e traga cerveja...'. Passei-lhe a saia e fui buscar cerveja e, voltando, vi que havia perto dela um frasquinho de ópio. — 'Escute' — disse ela com firmeza. 'Acabaram-se as comédias. Você é capaz de viver sem mim?' Respondi que não. — 'Sim' — disse ela — 'eu me apossei de toda a sua alma, de todos os seus pensamentos. Você não vacilará em matar-se? E se assim é, leve-me consigo. Sem você, também não posso viver. E, depois de me matar, você morrerá com a consciência de que sou finalmente sua, e para todo o sempre. E agora, ouça a minha vida...' Tornou a deitar-se e, depois de se calar um pouco e acalmar-se, pôs-se a contar-me sem pressa toda a sua vida, desde a infância... Esqueci quase tudo o que ela me contou então..."

XIV

"Não me lembro também quem foi, de nós dois, que começou primeiro a escrever... Quebrei o lápis em metades iguais... Começamos a escrever, e fizemos isso o tempo todo em silêncio. Se não me engano, escrevi em primeiro lugar a meu pai... Vocês me perguntam por que o censurava por 'não querer minha felicidade', quando eu nem tentara, uma vez sequer, pedir-lhe autorização para o meu casamento com ela? Não sei... É certo que, de qualquer modo, ele não concordaria... Em seguida, escrevi aos companheiros do regimento, despedindo-me... Depois, a quem mais? Ao comandante, pedindo que me fizessem um enterro decente. Vocês dizem: quer dizer que eu tinha certeza de que me suicidaria? Claro que sim. Mas, neste caso, como foi que deixei de o fazer? Não sei...

"E ela, nesse ínterim, eu me lembro, escrevia devagar, parando e refletindo sobre algo; escrevia uma palavra e ficava olhando de soslaio para a parede... Quem rasgou as anotações foi ela mesma, não eu. Escrevia, rasgava e jogava onde calhasse... Tenho a impressão de que nem no túmulo será tão terrível como na ocasião em que nós, naquela hora tardia, sob a lanterna, escrevíamos todos esses inúteis bilhetes... Foi ela quem quis escrevê-los. De modo geral, eu obedeci sem retrucar a tudo o que ela me ordenou nessa noite, até o momento derradeiro...

"De repente, ela disse: 'Chega. E se é para agir, que seja o quanto antes. Sirva-me cerveja, abençoa-me, Nossa Senhora!'.

"Enchi um copo de cerveja, ela soergueu-se e, decidida, jogou nele uma pitada de pó. Tendo tomado mais da metade, ordenou-me que tomasse o resto. Obedeci. Ela começou a agitar-se e, agarrando-me as mãos, pediu: 'E agora, mate-me, mate-me! Mate-me em nome do nosso amor!'.

"Como foi, precisamente, que eu fiz isso? Parece que a envolvi com o braço esquerdo — sim, realmente, foi com o esquerdo — e colei-me aos seus lábios. Ela dizia: 'Adeus, adeus... ou não... Bom dia, e agora para sempre... Se aqui não tivemos êxito, então, lá em cima...'. Apertei-me contra ela e mantive o dedo na trava do revólver... Lembro-me de que senti um tremor em todo o corpo... E depois o dedo como que se mexeu sozinho... Ela teve tempo de dizer em polonês: 'Aleksandr, meu amado!'.

"A que horas foi? Creio que às três. O que fiz depois disso durante duas horas ainda? Passei uma hora caminhando até a casa de Líkhariev. O resto do tempo eu passei sentado junto a ela, depois, não sei para quê, estive arrumando tudo...

"Por que eu mesmo não me suicidei? Não sei como, esqueci-me disso. Quando a vi morta, esqueci tudo no mundo. Fiquei sentado, olhando-a e nada mais. Depois, na mesma estranha inconsciência, pus-me a arrumá-la, assim como o quarto... Eu não poderia deixar de cumprir a palavra que lhe dera, de me suicidar uma hora depois de matá-la, mas uma apatia completa apoderou-se de mim... É com a mesma apatia que reajo agora ao fato de estar vivo. Mas não posso conformar-me com a ideia de que os demais pensem que sou um carrasco. Não e não! Talvez eu seja culpado perante a lei dos homens, e também perante Deus, mas não diante ela!"

NOTA À PRESENTE EDIÇÃO

O manuscrito de *O processo do tenente Ieláguin* é datado de 11 de setembro de 1925. A novela veio a público pela primeira vez na revista *Sovremênnie Zapíski* (Anais Contemporâneos), vol. XXVIII, em 1926, periódico editado por emigrados russos em Paris.

Esta tradução foi realizada a partir do original russo *Diélo korniéta Ieláguina* e publicada originalmente em Ivan Búnin, *O amor de Mítia* e *O processo do tenente Ieláguin*, Coleção dos Prêmios Nobel de Literatura, coordenada no Brasil por Paulo Rónai (Rio de Janeiro, Delta, 1965; 2ª ed., Rio de Janeiro, Opera Mundi, 1973).

SOBRE O AUTOR

Ivan Alekséievitch Búnin nasceu em 1870, em Vorônej, na Rússia, numa família nobre. Começou a escrever muito cedo: seus primeiros poemas datam de 1887. Apesar de uma infância confortável, durante a adolescência os problemas financeiros da família levaram-no a interromper o ensino médio e a continuar sua educação em casa. Aos 19 anos de idade, depois de exercer diversos ofícios, começou a trabalhar na redação do jornal *Orlóvski Viéstnik* (O Mensageiro de Oriol), e em 1891 publicou sua primeira coletânea de poemas. Quatro anos depois, iniciou uma longa amizade com Tchekhov e Tolstói; mais tarde, em suas memórias, Búnin apontaria os dois escritores como seus mentores literários e filosóficos.

Na virada do século, Búnin começou a adquirir fama literária na Rússia, e consagrou-se com dois prêmios Púchkin: em 1896, pela tradução do poema *O canto de Hiawatha*, de Henry Longfellow; e em 1901, pelo livro de poemas *Listopad* (Desfolha). Foi um grande expoente do verso clássico, passando ao largo das correntes modernistas de sua época e formando um estilo que se aproximava da tradição de Púchkin e Tiútchev. Além disso, traduziu diversos poetas, como Petrarca, Byron e Heine. Em 1920, depois de uma série de viagens, Búnin e sua mulher decidiram fixar residência em Paris. Ao longo de 1925-26, publicou *Okaiánnie dni* (Dias malditos), seus diários de 1918-20, em que relata a guerra civil.

Tornou-se, nesse período, uma das principais vozes da comunidade de russos emigrados. Em 1933, recebeu o Prêmio Nobel de Literatura, o primeiro a ser entregue a um escritor russo. Considerado um mestre da narrativa curta, sua extensa obra é composta principalmente por poemas e textos ficcionais que conquistaram a admiração de diversos escritores, como as novelas *Antónovskie iábloki* (As maçãs de Antónov, 1900), *A aldeia* (1910), *Sukhodol* (Vale seco, 1912), *O amor de Mítia* (1925) e *O processo do tenente Ieláguin* (1926), o romance de tintas autobiográficas *A vida de Arsêniev* (1930), e os contos "Um senhor de São Francisco" (1915) e "Respiração suave" (1916), além daqueles reunidos em *Tiômnie allei* (Aleias escuras, 1943). Ivan Búnin morreu em 8 de novembro de 1953, em Paris.

SOBRE O TRADUTOR

Boris Schnaiderman nasceu em Úman, na Ucrânia, em 1917. Em 1925, aos oito anos de idade, veio com os pais para o Brasil, formando-se posteriormente na Escola Nacional de Agronomia do Rio de Janeiro. Naturalizou-se brasileiro nos anos 1940, tendo sido convocado a lutar na Segunda Guerra Mundial como sargento de artilharia da Força Expedicionária Brasileira — experiência que seria registrada em seu livro de ficção *Guerra em surdina* (escrito no calor da hora, mas finalizado somente em 1964) e no relato autobiográfico *Caderno italiano* (Perspectiva, 2015). Começou a publicar traduções de autores russos em 1944 e a colaborar na imprensa brasileira a partir de 1957. Mesmo sem ter feito formalmente um curso de Letras, foi escolhido para iniciar o curso de Língua e Literatura Russa da Universidade de São Paulo em 1960, instituição onde permaneceu até sua aposentadoria, em 1979, e na qual recebeu o título de Professor Emérito, em 2001.

É considerado um dos maiores tradutores do russo em nossa língua, tanto por suas versões de Dostoiévski — publicadas originalmente nas *Obras completas* do autor lançadas pela José Olympio nos anos 1940, 50 e 60 —, Tolstói, Tchekhov, Púchkin, Górki e outros, quanto pelas traduções de poesia realizadas em parceria com Augusto e Haroldo de Campos (*Maiakóvski: poemas*, 1967, *Poesia russa moderna*, 1968) e Nelson Ascher (*A dama de espadas: prosa e poesia*, de Púchkin, 1999, Prêmio Jabuti de tradução). Publicou também diversos livros de ensaios: *A poética de Maiakóvski através de sua prosa* (Perspectiva, 1971, originalmente sua tese de doutoramento), *Projeções: Rússia/Brasil/Itália* (Perspectiva, 1978), *Dostoiévski prosa poesia* (Perspectiva, 1982, Prêmio Jabuti de ensaio), *Turbilhão e semente: ensaios sobre Dostoiévski e Bakhtin* (Duas Cidades, 1983), *Tolstói: antiarte e rebeldia* (Brasiliense, 1983), *Os escombros e o mito: a cultura e o fim da União Soviética* (Companhia das Letras, 1997) e *Tradução, ato desmedido* (Perspectiva, 2011). Recebeu em 2003 o Prêmio de Tradução da Academia Brasileira de Letras, concedido então pela primeira vez, e em 2007 foi agraciado pelo governo da Rússia com a Medalha Púchkin, em reconhecimento por sua contribuição na divulgação da cultura russa no exterior.

Faleceu em São Paulo, em 2016, aos 99 anos de idade.

COLEÇÃO LESTE
direção de Nelson Ascher

István Örkény
A exposição das rosas

Karel Capek
Histórias apócrifas

Dezsö Kosztolányi
O tradutor cleptomaníaco

Sigismund Krzyzanowski
O marcador de página

Aleksandr Púchkin
A dama de espadas

A. P. Tchekhov
A dama do cachorrinho

Óssip Mandelstam
O rumor do tempo

Fiódor Dostoiévski
Memórias do subsolo

Fiódor Dostoiévski
O crocodilo e
Notas de inverno
sobre impressões de verão

Fiódor Dostoiévski
Crime e castigo

Fiódor Dostoiévski
Niétotchka Niezvânova

Fiódor Dostoiévski
O idiota

Fiódor Dostoiévski
Duas narrativas fantásticas:
A dócil e
Sonho de um homem ridículo

Fiódor Dostoiévski
O eterno marido

Fiódor Dostoiévski
Os demônios

Fiódor Dostoiévski
Um jogador

Fiódor Dostoiévski
Noites brancas

Anton Makarenko
Poema pedagógico

A. P. Tchekhov
O beijo e outras histórias

Fiódor Dostoiévski
A senhoria

Lev Tolstói
A morte de Ivan Ilitch

Nikolai Gógol
Tarás Bulba

Lev Tolstói
A Sonata a Kreutzer

Fiódor Dostoiévski
Os irmãos Karamázov

Vladímir Maiakóvski
O percevejo

Lev Tolstói
Felicidade conjugal

Nikolai Leskov
Lady Macbeth
do distrito de Mtzensk

Nikolai Gógol
Teatro completo

Fiódor Dostoiévski
Gente pobre

Nikolai Gógol
O capote
e outras histórias

Fiódor Dostoiévski
O duplo

A. P. Tchekhov
Minha vida

Bruno Barretto Gomide (org.)
Nova antologia do conto russo

Nikolai Leskov
A fraude e outras histórias

Nikolai Leskov
Homens interessantes
e outras histórias

Ivan Turguêniev
Rúdin

Fiódor Dostoiévski
A aldeia de Stepántchikovo
e seus habitantes

Fiódor Dostoiévski
Dois sonhos:
O sonho do titio e
Sonhos de Petersburgo
em verso e prosa

Fiódor Dostoiévski
Bobók

Vladímir Maiakóvski
Mistério-bufo

A. P. Tchekhov
Três anos

Ivan Turguêniev
Memórias de um caçador

Bruno Barretto Gomide (org.)
Antologia do
pensamento crítico russo

Vladímir Sorókin
Dostoiévski-trip

Maksim Górki
Meu companheiro de estrada
e outros contos

A. P. Tchekhov
O duelo

Isaac Bábel
No campo da honra
e outros contos

Varlam Chalámov
Contos de Kolimá

Fiódor Dostoiévski
Um pequeno herói

Fiódor Dostoiévski
O adolescente

Ivan Búnin
O amor de Mítia

Varlam Chalámov
A margem esquerda

Varlam Chalámov
O artista da pá

Fiódor Dostoiévski
Uma história desagradável

Ivan Búnin
O processo do tenente Ieláguin

Este livro foi composto em Sabon,
pela Bracher & Malta, com CTP e
impressão da Bartira Gráfica e Editora em papel Pólen Bold 90 g/m² da
Cia. Suzano de Papel e Celulose para
a Editora 34, em outubro de 2016.